MĀUI — SUN CATCHER

MĀUI — TE KAIHAO I TE RĀ

TIM TIPENE | **ILLUSTRATED BY ZAK WAIPARA**

MĀORI TRANSLATION BY ROB RUHA

Oratia

Mum watched Māui come into the kitchen and place a pile of flax on the table.

'E Māui boy, what are you going to do?' she asked.

'Mum, I'm gonna catch that Sun for you.
'That Sun who's always on the run.
'That Sun who makes our house so cold.
'That Sun that makes you feel so old.'

Ka kite a Māmā i a Māui e kuhu ana ki te kīhini me te whakaputu harakeke ki te tēpu.

'E Māui, he aha tō mahi?' tōna pātai.
'Te Rā, ka hopukina mōhau, e māmā.
'Te Rā, ka hohoro te kakama.
'Te Rā, ka mātao rawa te kāinga.
'Te Rā, ka rūhāia te tinana.'

'Eh?' Mum frowned. 'Leave it alone boy, what can you do?'
   Māui flicked his brow and smiled.
   'I can do more than you know.
   'That Sun moves too fast,
   'I'll make him move slow.'

'Hā?' te komeme a māmā. 'Waiho, e tama — ka aha i a koe?'
   Ka whakanene atu a Māui, ka menemene.
   'Ka aha hoki, e Mā.
   'Hohoro ana te tere o Te Rā,
   'Ka hohoro-paku ākuni, e Mā.'

Māui's brother Taha walked into the room. 'Māui, ya mischief maker, what are you going to do?' he asked.

'Taha,' Māui replied, 'there is never enough time to get anything done. 'Let's change that. Let's catch that Sun.'

Ka kuhu mai tōna tuakana, a Taha, ki te rūma. 'Māui hīanga! Ka aha hoki koe?' te pātai a Taha.

'E Taha,' te whakautu a Māui. 'Ka tere pau te wā ki a tāua ki te whakatutuki mahi i te awatea. 'Ka hurihia tēnā e tāua. Nā, ka hopukia Te Rā e tāua.'

'What are you talking about, bro?' Taha frowned. 'We don't have enough sunscreen for that. That Sun will burn our butts.'

Māui began weaving the flax.
'Taha,' he said, 'I know you have dreams, I know you have hopes.
'Let's work together. Let's make some ropes.'

'Ō kōrero hoki, e hika?' te komeme a Taha. 'Kāre e rahi ō tāua pani ārai rā mō taua mahi. Ka pākāngia ō tāua kumu e Te Rā.'

Ka tīmata a Māui ki te raranga harakeke.
'E Taha,' tana kī atu. 'Ō moemoeā rawa, ō wawata hoki.
'Me mahi tahi tāua, me raranga taura tāwhiri.'

'Māui, ya trickster, what are you going to do?' Māui's brother Roto asked as he came through the door.
　'Roto,' Māui replied, 'we have lived in darkness for too long.
　'No one hears our cries, no one hears our song.'

'Māui tinihanga, ka aha hoki koe?' te kī atu a tōna tuakana a Roto, i tōna kuhunga mai i te tatau.
　'E Roto,' te whakahoki a Māui.
　'Kua roa tāua ki te pō-roa nā,
　'Ngā tangi, ngā pao hoki tē rangona.'

'You think too much,' said Roto, rolling his eyes and turning on the television. 'Sit down and watch the rugby, man.'

Māui turned the TV off.

'Brother, it is time to wake,' he said. 'It is time to stand.

'Help us weave this flax into rope. It's all part of my plan.'

'Ō whakaaro hoki,' te kōrero a Roto i a ia e whakakā ana i te pouaka whakaata me te tīkaro haere o ngā whatu. 'E noho ki te mātakitaki whutupōro, e hika.'

Ka whakawetongia te pouaka whakaata e Māui.

'Taku tuakana hoki, e oho,' tana kōrero. 'Whītiki, maranga rā.

'Inā taku harakeke, tāwhiritia. Inā hoki taku mahi, inā, inā!'

Māui's brother Pae walked into the kitchen and found everyone sitting around the table weaving flax. He looked at Māui.

'Māui, ya troublemaker, what are you going to do?' he asked.

Māui answered, 'Pae, gas up the car,
'We've got a long drive ahead to reach Te Rā.'

Ka kuhu tētahi atu tuakana ki te kīhini, ko Pae tēnā. Ka kite i a rātau e raranga harakeke ana ki te tēpu. Ka titiro ki a Māui.

'Māui nanakia, ka aha hoki koe?' tana pātai.

Inā ko Māui, 'E Pae, whakakīia te waka,
'Ka roa te haere kia tae ki Te Rā.'

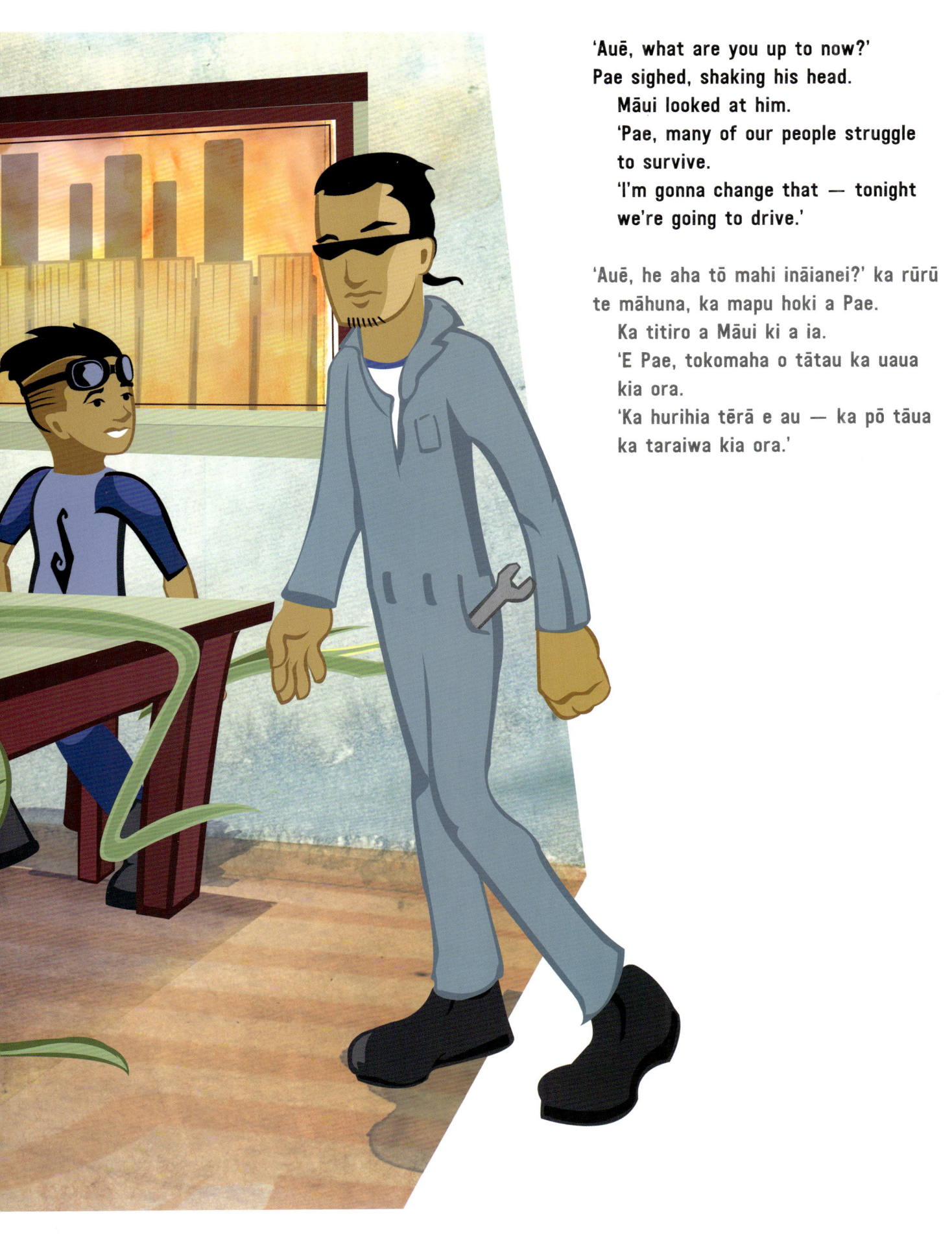

'Auē, what are you up to now?'
Pae sighed, shaking his head.
　Māui looked at him.
　'Pae, many of our people struggle to survive.
　'I'm gonna change that — tonight we're going to drive.'

'Auē, he aha tō mahi ināianei?' ka rūrū te māhuna, ka mapu hoki a Pae.
　Ka titiro a Māui ki a ia.
　'E Pae, tokomaha o tātau ka uaua kia ora.
　'Ka hurihia tērā e au — ka pō tāua ka taraiwa kia ora.'

The four young men were joined by their last brother, Waho.
They clambered into the car and waved to Mum as they drove off.
They travelled for many nights.

Ka piri atu hoki te tuakana whakamutunga, a Waho.
Ka kuhuna te waka, ka mihingia hoki a Māmā i te taraiwatanga atu. Pō atu, pō mai, ka roa tā rātau haerenga.

'Māui, ya cheeky fella, what are you going to do?' Waho asked as he steered the car.
  'Waho,' Māui said, 'the air is warm, we are almost there.
  'The journey was dark and long, but the end is near.'

   'Māui whakahīhī, ka aha hoki koe?' te pātai a Waho i a ia e hautū ana i te waka.
     'E Waho,' hai tā Māui. 'He mahana a runga, ka tata a raro.
      'He haere-nuku-pō, ka tata rawa a raro.'

'Māui the poet, eh, always out to be the hero,' Waho grumbled.
'We should never have listened to you.'
　Māui smiled.
'Waho, to make things better there must be change.
'Now stop the waka.* Te Ra's pit is in range.'

　　　　'Māui te kai-pao, inā hoki te tuahangata,' te kōmumu a Waho.
　　　　'Auē, taukuri ē! Tā mātau whakarongo hoki ki a koe.'
　　　　　Ka menemene a Māui.
　　　　　'E Waho, inā te hurihanga takapau, te pai ka tata, ka tata.
　　　　　'Whakatūngia te waka! Te rua o Te Rā, ka tata, ka tata.'

* waka — car; also canoe

The five brothers climbed out of the car. They walked in darkness to the edge of the pit, where the Sun lived.
'So Māui, what are we going to do?' the brothers asked.

Ka puta ngā tama tokorima i te waka, kātahi rātau ka hīkoi i rō pōuri ki te kōpae rua o Te Rā.
'Kāti, ē Māui, me aha rā tātau?' te pātai a ngā tuākana.

Māui studied the ground.
    'We need to be able to hide.
    'We will build a wall of clay.
    'We must work only at night.
    'Te Rā will see if we are out in the day.'

Ka āta whakatātaretia te papa e Māui.
    'Me ngana tātau kia huna.
    'Me hanga pātū whakakeretā.
    'Me mahi noa iho i te pō,
    'Kei kitea e Te Rā i te awatea.'

'And then what?' the brothers growled.
   Māui held up the flax ropes.
'Then we will take these vines that wind and bind us,
'And together we will catch the Sun in our net.
'Our ropes are magic, but we must hold strong,
'Te Rā will fight to rise and set.'

'Me aha ā muri atu?' te amuamu a ngā tuākana.
   Ka hāpaitia e Māui ngā taura harakeke.
'Ka hikitia taku taura, aka mai aka!
'Kia hereherea Te Rā ki te mahanga.
'He tipua taku taura, me mau tonu!
'Te Rā ka ara, ka tō, ka rīria te mahanga.'

Later the mighty Sun peeked over the side of the Earth and began to rise. But he soon found himself trapped in a large net.

He pushed against the ropes but they wouldn't budge. He glared about to see who was responsible for his trap.

His huge eyes found a tiny person.

'E, MAN CHILD! WHAT ARE YOU DOING?' he boomed.

Kīhai i takaroa, ka ara Te Rā i te kōpae o te whenua. Nāwai hoki a ia ka mau ki te māhanga nui. Ka whana, ka tuki, hoi kīhai ngā taura i neke.

Ka rapa atu Te Rā i te tangata nāna te tāwhiti i whakatakoto. Kātahi ka kitea te tangata pakupaku e wōna whatu kaitā.

'E TAMA, HE AHA TŌ MAHI?' tāna i pāho ai.

Māui bowed.
　'Good morning, Sun.
　'Sorry to surprise you.
　'I just wanted to see your face.
　'You can see mine too.'

　　Ka tuohu a Māui.
　　　'Mōrena, e Te Rā,
　　　'Ohorere, matatū ana ē.
　　　'Tō aro, ka tahuri mai,
　　　'Tōku aro, ka tahuri atu ana ē.'

'YOU ARE SUCH A SMALL THING! WHY DO YOU TRY AND STOP ME, TAMA-NUI-TE-RĀ?'* the Sun rumbled.

Māui looked for his brothers, but they were hidden behind the walls of clay, holding the flax ropes tight. Māui turned to the Sun.

'INĀ KĒ TŌ ITI, HE AHA AI KOE KA TAUPĀ I AU, I A TAMA-NUI-TE-RĀ?' te kupu takariri a Te Rā.

Ka rapa haere a Māui i wōna tuākana, erangi i te noho huna tonu rātau i muri i ngā pātū whakakeretā me te mamau taura. Ka tahuri atu a Māui ki Te Rā.

* Tama-Nui-Te-Rā — the Māori personification of the Sun

'The magic of my ropes will hold you.
'The magic of my words means that you cannot burn me.
'See the magic jawbone of my grandfather,
'Know that I represent my family.'

'Ka herengia koe e waku taura
'Taku hihiri ē, kei pākā mai au.
'Inā te kauae o taku pāpā,
'Taku hihiri ē, ko au te konohi o taku whānau.'

* Māui-Tikitiki-a-Taranga — Māui's full name

The Sun pushed against the ropes, trying to bear down on Māui.

'E MĀUI-TIKITIKI-A-TARANGA,* YOU TRICKSTER! WHAT ARE YOU GOING TO DO?!' the Sun thundered.

Māui smiled.

'My ropes will slow you down.
'You will drift across the sky
'And people will see my ropes reaching down
'Whenever you're up high.'

Ka whana taura Te Rā, ka kukume a Māui ki raro.

'E MĀUI-TIKITIKI-A-TARANGA, HE TINIHANGA KOE! KA AHA HOKI RĀ KOE?!' te reo haruru o Te Rā.

Ka menemene a Māui.

'Ka tō haere waku taura i a koe.
'Kia āta haere-nuku-ao i te rangi
'He taura hoki ka mārama te kitea
'Inā hoki koe ka rere i te rangi.'

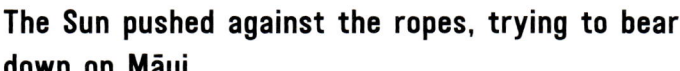

The Sun flared flames of red, yellow and orange.
'LET ME GO!' he roared.
Māui calmly placed his hands on his hips.
'E Sun, your shine and warmth are magnificent,
'But we can not see you in the night.
'Let all enjoy your greatness,
'Let all live in your light.'

Ka pahū nui Te Rā, he whero, he kōhai, he karaka ngā muramura.
'TUKUNA AHAU!' tāna i tono whakaharuru ai.
Ka āta tū-ā-hope a Māui.
'E Te Rā, inā tō hahana whakamīharo,
'Tē kitea hoki i te pō.
'Tukuna mai te awatea ki te katoa,
'Kia rongo pai i tō hahana whakamīharo.'

The Sun was quiet. He looked around.
He liked Māui's words of magnificence and greatness. They made him feel special.

Ka ngū Te Rā. Ka tirotiro noa.
Ka pai ia ki ngā kupu whakarawea a Māui — ka toko ake ā-roto.

Māui walked about in front of the Sun.
   'No one will believe me,
   'When I say how amazing you are.
   'Your heat, your glare —
   'You are our brightest star.'

Ka āta hīkoi a Māui i mua i Te Rā.
   'E kore tētahi e whakapono mai,
   'Inā kōrerotia e au ō painga.
   'Tō hahana pai, tō uranga whakamīharo hoki —
   'Ko koe te whetu mārama rawa o te katoa.'

The anger faded from the Sun's eyes. He studied Māui.
 'E Sun?' Māui asked, 'what are you going to do?'

Ka tau haere te riri i ngā whatu o Te Rā.
Ka whakatātaretia a Māui e ia.
 'E Te Rā?' te pātai a Māui. 'Ka aha hoki rā koe?'

The Sun sighed.
 'ĀE MĀUI, THE PAST SHOULD NOT COME TOO FAST.
 'LOOSEN THE ROPES, AND I WILL MOVE SLOWLY FOR YOU.
 'I WILL MAKE THE DAYS LONGER.
 'I WILL SEE HOW MUCH YOU DO.'

Ka mapu noa Te Rā.
 'ĀE E MĀUI, ME KAUA A TAINEHI E WAWE MAI NEI.
 'TUKUNA NGĀ TAURA, KA ĀTA HAERE-NUKU-AO AU.
 'KIA ROA HAERE TE AWATEA.
 'KIA KITEA Ō MAHI I TE AO E AU.'

Māui and his brothers loosened the ropes and the Sun began to climb ever so slowly into the sky.

Māui watched as the Sun proudly puffed himself up for all to see. He was like a king looking over his kingdom.

Ka tukuna ngā taura e Māui me wōna tuākana, nā, ka āta piki haere Te Rā ki te rangi. Ka kite hoki a Māui i Te Rā e whakahīhī atu ana ki te katoa. Ānō nei he kīngi a ia e titiro iho ana ki tōna takiwā.

Māui's brothers stood with him, all looking up at the Sun and enjoying the warmth and light.
 'The ropes are holding,' Taha beamed. 'Te Rā agreed to go slow. We did it!'
The brothers cheered, except for Māui, who was looking towards the sea.
 'Hey, Māui?' Taha asked. 'What are you going to do now?'

Ka tū ngātahi a Māui me wōna tuākana, ka titiro whakarunga ki Te Rā, ka pāinaina anō i tōna mahanatanga me tōna māramatanga.
 'Kai te pūmau tonu ngā taura,' te tangi whakamīharo a Taha. 'Kua whakaae mai a Te Rā kia āta haere. Kua ea ngā mahi!'
Ka hurō ngā tuākana katoa atu i a Māui. Erangi i te titiro kē a ia ki te moana.
 'E Māui?' hai tō Taha. 'Ka aha hoki koe ināianei?'

Māui smiled. **Ka menemene a Māui, ka kī atu.**

'I'm going fishing,' he said. 'Ka haere au ki te hī ika.'

ABOUT THE AUTHOR

Tim Tipene (Ngāti Kurī, Ngāti Whātua) is highly regarded for his work in the community and for his books that deal with social and environmental issues. He is the award-winning author of nine children's picture books and junior novels and is the founder of the Warrior Kids and PeaceMasters programmes. Tim lives in West Auckland.

ABOUT THE ILLUSTRATOR

Zak Waipara (Rongowhakaata, Ngāti Ruapani, Ngāti Porou, Ngāti Kahungunu) is a well-known illustrator of children's books who has also worked in a host of other media, and is a lecturer in design and animation. He lives in Auckland.

ABOUT THE TRANSLATOR

Rob Ruha (Te Whānau-a-Apanui, Ngāti Porou, Ngāti Tūwharetoa, Tainui, Te Arawa, Ngāpuhi, Rongowhakaata, Ngā Ariki) is an award-winning composer, cultural director, weaver, academic and writer. He lives in Rotorua.

Published by Oratia Books, Oratia Media Ltd, 783 West Coast Road, Oratia, Auckland 0604, New Zealand (www.oratia.co.nz).

Copyright © 2016 Tim Tipene — text
Copyright © 2016 Zak Waipara — illustrations
Copyright © 2016 Oratia Books — published work
The copyright holders assert their moral rights in the work.

This book is copyright. Except for the purposes of fair reviewing, no part of this publication may be reproduced or transmitted in any form or by any means, whether electronic, digital or mechanical, including photocopying, recording, any digital or computerised format, or any information storage and retrieval system, including by any means via the Internet, without permission in writing from the publisher. Infringers of copyright render themselves liable to prosecution.

ISBN 978-1-99-004232-4

The publisher acknowledges the generous support of Creative New Zealand for this publication.

This work represents the pilot book in the proposed series, Indigenous Voices — connecting indigenous writers and artists with young readers around the world.

First published in hardback edition 2016
Reprinted 2019
This paperback edition 2022

Printed in China